風の譜

Hori Kaoru

堀かをる句集

ふらんす堂

織田廣喜画・著者像

『風の譜』に寄せて

成城学園前駅の前にある老舗菓子店「成城凮月堂」の店頭での出会いからはじまり、かをるさんとのお付き合いは六十年を越す。

詩、短歌、小説、絵画にはじまり書道、茶道、華道、などの伝統的分野にも精通し、さまざまな才能にめぐまれたかをるさんであるが、それは本人の天性の素質ばかりでもなく、真摯な努力もあってのことだろう。

また、成城という土地柄、福永武彦や水上勉など多くの文人との交流があったことでも知られているかをるさんが、本格的に俳句を始められるようになったのは、俳誌「ra羅」の創刊によるが、はじめて、かをるさんの句に接したときの驚きと戸惑いを私は今も忘れない。それまで私が触れてきた句とは異なる世界であったのだが、たおやかな女性であるかをるさんの奥に秘められた情念を知り、また身の内に勁さを感じた。後に好きな俳人は加藤三七子氏だと聞き、さもあらんと納得した次第である。

長い間、短歌に親しんできたかをるさんの、古典を裏付けにした俳風は、時に艶やかで、どこか妖しげで、「ra羅」にあっては異色であるが、これらの句を私は「かをる風」と称している。

かをるさんの本名「薫」は、御父上が五月生まれの娘の誕生に際し「薫風」より命名されたと聞くが、かをるさんには、風を詠った句が実に多い。

名付けしは薫風よりと父の言ふ

あえかなる風の譜にのり柳絮舞ふ
ものの芽をほぐして風の艶やかに
葱坊主愚直に生きて風まかせ
あやまちを風に許され芥子の花
らいてう忌白一色の街の風
捨てたしと思ふものあり秋の風
芒原迷ひためらふ風の道
凩や風来坊を友として

風から知る四季の移ろいを詠うだけでなく、時には自分の生きようを風に重ね、作者の時々の気持ちが風を通して伝わってくる。また、それらの風は、作者をかつての文学少女に戻らせたり、癒したり、鼓舞する風でもある。

なお、句集の表紙は、「成城凮月堂」の包装紙をデザインしたものだが、かをるさんのご子息である三代目社長の義父で日本画家、小泉淳作氏の画が使われている。「成城凮月堂」に、その人生の大半を捧げてきた、かをるさんであることを考えると、最も相応しい表紙であると思う。

また、このたびの句集の出版にあたり「ra羅」の会員であり句友の石塚秀雄氏が、英訳を担当するなど、皆が待ちに待っていたかをるさんの句集『凮の譜』の出版がようやく叶い、いまは安堵の気持ちでいっぱいである。

二〇二三年　初夏

「ra羅」の会　代表　**飯島ユキ**

目次

句集　風の譜

新年／脈動

12
句

唄はねば母は遠のく手鞠歌

Utawa neba Haha wa tohonoku Temariuta

On a New Year's Day
Bounce a ball with no sing
Mother is far in my memory.

脈動は規則正しく去年今年

悔い一つ引き摺るもよし去年今年

まばたきに終はり始まる去年今年

初茜開き直りて身を晒し

父母は去ねど日に咲く福寿草
福寿草咲く日に生れ名は日の子

唄はねば母は遠のく手鞠唄

初鏡眉間の皺も自分史と

薺粥野面を渡る風匂ふ

餅花や空気ほつほつゆるびさう

どうどとは丹波訛や小豆粥

胸をつく紙の白さや初日記

春／繚乱

春愁や電話の主は骨董屋

Shunshu ya Denwa no Nusi wa Kottouya

Melancholy in a Spring day,
Odd telephone comes from
Old Curiosity Shop.

春ふはふは言葉やさしく耳朶に触れ
春の虹ひと日の終はり染めて消ゆ

薄墨のにじみも優し春便り
春よ来よ歌ひ笑つて駆けて来よ

死ぬることは生くることかも春立てり

麦踏や身を粉にすれば変はること

人の世は片道切符春一番

雛の間の灯りなかなか消し難し

三月十日江戸千代紙の燃え尽きぬ

儚さは掌にある春の雪

微微と来る大地のぬくみ山笑ふ

縊死といふ若き決断涅槃西風

萌え出づるものみな嬉しふかふかと
ものの芽をほぐして風の艶やかに

牡丹の芽帯ゆつくりと解きにけり

老木に木の芽確かな息づかひ

木の芽吹く心ほぐるる雨上り

今生をまばたきもせず落椿

椿山赤きものの怪住むといふ
霞みつつ広がるものの優しかり

たんぽぽやわらべ返りのぱぴぷぺぽ

たんぽぽにたんたんたんぽぽと日も跳ねて

老木に若き枝ある初桜

ふくふくと過ぎゆくひと日桜餅

石鹼の泡立ちうれし春の朝

路地裏のたまり処や春夕べ

夜半の春部屋いっぱいの古代裂

今はむかし流人照らししおぼろ月

朧夜やほどよき味の澄まし汁

花繚乱花咲爺の在せるや

花明りむかしことばをひもときぬ
真青なる空にをさまり花競ふ

花あかり聞き返すことためらひて
散りいそぐ花の心を追ひかけむ

花咲けば咲くほど鬱になる心

花が好き骨も染まるか花色に

花冷の暮れてひとりの紅茶かな

精霊や万朶の桜満開に

幽明のはざま束の間老桜

さくらさくら風やはらかにふくらみぬ

生き死には桜まかせときめてをり

ひとせを生きて出会ひぬ桜花

桜待つ胸の鼓動を押へつつ

桜待つ山うねうねと昂まりぬ

桜散る了の字重し筆を擱く

ふはふはと晩年の道桜待つ

夕ざくら語らぬままに別れけり
目つむりて桜吹雪を全身に

百年の樹にもたれをり花疲れ

桜草簞笥の油単古めきぬ

蘖や何とび出すかびつくり箱

蘖や次の手を練るいたづらつ子

春風に飛ばされさうな置手紙

春愁や電話の主は骨董屋

春愁を川面に集め行く大河

蜃気楼答はいつも先送り

葱坊主愚直に生きて風まかせ

桜蕊うつつの夢に降り零す

あえかなる風の譜にのり柳絮舞ふ
春筍のひとつふたつと伸びる音

夏／修羅

聖五月頰やはらかくなりにけり

Sei Gogatsu Hoho yawarakaku narinikeri

Easter Day,
I happened to know
My cheek becomes softly.

白球のパシリときまり夏の空

一筋の航跡光り夏は来ぬ

聖五月頬やはらかくなりにけり

引き入らる神秘の扉大牡丹

黒牡丹紅を閉ざして婉然と
夏めくや光も影もくっきりと

石段の一足ごとに夏兆す

セルを着て肩の荷ひとつ軽くなり

母の日や垂るる乳房の年月よ

薪能面妖麗の恋火かな

うらうらと影さだまらず若楓

ひともとに一途なりける新樹かな

老いてなほ若葉の雫浴びてをり

重ねゐて透きとほる色柿若葉

芍薬は夜にはらりと夢たたむ

芥子咲くや誰にでもある裏表

あやまちを風に許され芥子の花

罌粟の花怪しく風を誘ひけり

桐の花近寄りがたき人のをり
たまきはるいのちむらさき桐の花

孤高なる人は天なり泰山木

いまむかしすすり泣く波海ほほづき

らいてう忌わが人生の愚直なり

雲海に光一閃らいてう忌

らいてう忌白一色の街の風

謎解きや加田伶太郎明易し

あぢさゐに風吹けば海止めば空

嫋嫋と絃の余韻や五月雨るる

五月雨るる古女房と筬の音

見て含む老いのよすがのさくらんぼ

さくらんぼ無心妬心と振りてみる

染まるなら芯まで染めよ紫蘇をもむ

蛍や一期一会の闇深し

ちぎれしもつながる心みづすまし

糸蜻蛉どこへ消えるか風ばかり

不死身てふ男攫ひぬ青嵐

薫風に海彦山彦とんで来よ
風薫る私の椅子は定位置に

名付けしは薫風よりと父の言ふ

青葉木菟うつつの闇に人恋ふる

万緑や言葉は風に浚はるる

万緑にこぼれ落ちたる吾が命

ゆつさゆつさ万緑分けて風の道
緑陰のベンチひねもす賑はへり

馬鈴薯の花著けくて日の暮るる
思ひ出は蛍袋にひとつづつ

しのび逢ふ音の淡さよ竹落葉

骨董店の棚に胡散げ夏帽子

籐椅子の小さな軋み父のこゑ

水流れ言の葉流れ桜桃忌

待ち合はす彼はまさかのアロハシャツ

夾竹桃芯より燃えて咲きにけり

雷鳴や絵師は静かに筆を擱き

気まぐれの夕立に兆す悔いのあり

夕虹や夢追ふ人の集まりぬ

失ひし時の大きさ虹二重

老ゆるとは人恋ふことか星涼し

羅を纏へば心閉ぢにけり

ゆつたりと羅着れば風の寄り
玉の汗嬉しきことに生きてをり

ハンカチを四角四角と折る幼

籠枕母の頭の癖残し

髪洗ふ何かが変はるかも知れぬ
語り出す夏の夜空を友とする

心太話題さらりと躱しけり

山あひの風も一品夏料理

風鈴の音色は風を友として
水中花吐息ひとつに開きけり

水中花悲喜こもごもに色揺らぎ

水中花一人芝居は誰がために

夏旺んひつそりひそむかくれんぼ
濃き影に薄き影寄る日の盛り

日盛りと昏さのあはひ眩めきぬ
炎天下空と地を見て歩き出す

めくるめく修羅抱きたる夕焼かな

過去未来燃やし尽くせり夕焼空

火の心なれば劫暑に石となり
分け入れば激しくせまる草いきれ

ドナウ河映る灯に酔ふ舟遊び

青林檎心苛られの闇に噛む

音たてて高原に噛む青りんご
とほく来て玫瑰の色海の色

ひびきあひ女波たちをり夜の秋

夜の秋男定めと後家三人

炎熱やぽんぽん跳ねるポップコーン

炎熱やはらり崩るる砂糖菓子

河童忌や白きハンカチ握りしむ

遠花火ほどよき距離に人を恋ふ

虚と実のあはひに消ゆる遠花火

秋／吐息

75
句

芋茎炊くガウディの塔思ひつつ

Zuiki taku Gaudi no Toh omoitsutsu

Cook leaves of Taro,
Come to mind Steeples
Of Tower of Gaudi.

風のみを道の標に秋の旅

左見右見秋の最中の捜し物

ビー玉の光り転げる秋の坂

九秋やひと日をゆるり抱きしむる

ひらがなで綴れば風よ秋に入る

八月や曳く悲しみの無限大

七夕や宇宙散骨あると言ふ

をみならの祈ぎごと綾に星祭

天の川便り幾たび流したか
秋暑し引き摺る影も重さうに

辛気くさき人とひと日や秋暑し

このへんで弾け泣かうか鳳仙花

明日またと言葉弾めるつまくれなゐ

朝顔の紺悲しますす訃報かな

みせばやの咲きて日暦薄くなり

藪枯らし陰の人にもなりてみよ

いつまでも振り返る人秋の夜

長き夜やぜんまい強固古時計

秋灯や耳順半ばを明るうす

花野来て女人の夢を埋めをる

何ぞ何ぞと想ひ波立つ芒原
芒原迷ひためらふ風の道

現実は作られし夢芒原

咲き満ちて桔梗は夜に俯かず

ひたひたとただに遠野や萩こぼる

白萩や老いをはらりと振り払ふ

いつはりの泪なりしか露の玉
露けしや昔語りも夢の中

何もかもゆるりと丸く敬老日

月光の点と線との中に立つ

月と書く隅なき光浴びて書く
かすかなる音にも震へ夜半の月

やり直しきかぬ人生月仰ぐ

名月や吠えたき声をのみこめり

芋茎炊くガウディの塔思ひつつ

子規の忌に生れし男の子は野球狂

交差点人に迷へる秋の蝶

たたみ込むひそかな思ひ秋扇

背すぢ伸ぶ年代物の秋袷

鰯雲閉ざしし想ひ浮かびけり

時をへてわかる真実いわし雲

鰯雲言葉は海に漂ひぬ

鰯雲次から次へ好奇心

きれぎれに記憶は流れ鰯雲

コスモスのひとつ色濃し母眠る

巻紙にコスモス乱れ咲く便り

秋桜こゑなき風や母遠し

月草の茎にくきくき水の音

指先に秋冷の水ひきしまり

秋冷の箸軽やかに動かせり

水澄むや心深深日を綴り
秋澄むや握り鋏の鈴の音

秋夕焼情念込めて幕を引く

秋薄日なみだの早く乾きけり

秋日濃しペンキの剝げし外階段

ゆつくりと街の動く日秋びより

秋天を沈めかねつつ湖昏るる

秋の雲ふうはり流れ人送る

襟もとに吐息ひそやか秋の風

手を振れば八口にふと秋の風

捨てたしと思ふものあり秋の風

秋の風天地無用の吾がこころ

縫ひ返せひと針ごとに秋のこゑ

何もかも捨て一抹の秋思かな

発想の転換模索林檎嚙む

烏瓜音符となりて弾みけり

温め酒夜のしじまに汝のゐて
温め酒乾涸びぬやう心にも

棉吹くや人には告げぬ思ひあり

破れ芭蕉なにもそこまで裂けずとも

脳もかくあるかと胡桃割りてみつ

面影のふと定まりぬ秋時雨

高きより彩り走る紅葉かな

山紅葉全山腕に抱きたし

握りしむる石ころに熱文化の日

冬／戯言

59
句

水仙の香りに埋みデスマスク

Suisen no Kaori ni uzumi Desumasuku

Sweet scent of Daffodils,
Decorate a death mask
Of my dear friend.

冬の滝行者にくだけ鎮まれり

冬気配どどどどどと音迫り

去来する思ひ断ち切れ初時雨

たはむれに戯言いへば初時雨

つき上ぐる思ひ生家の花八手
花八手ほつと一息つける路地

ひいふうみい数へて丸し花八手

茶柱の立ちてときめく小春かな

小春日や古書の匂ひよ過ぎし日よ
気がかりの不意に解け行く小春空

昭和また遠景となる小六月

冬ぬくし夫婦茶碗をそつと置く

我だけにこの日この音落葉踏む
呟きは落葉にこぼれ朽ち果てし

落葉踏むそろそろ雑に生きようか

凩や風来坊を友として

時雨るるや帰りし人にすぐ会ひたし

時雨ふと間遠な人の来る予感

短日や針目ひとつにあせりをり

やはらかな言葉かよへり冬日向

寒暁に茶柱しんと立ちにけり

冬木立裸になれば見ゆること

吾を射る光ひとすぢ枯木星

枯芭蕉指のささくれ気にかかり

湯豆腐やうつつの夢の中に生き

冬濤やや赤いらふそく物語

着膨れて夫も市井の好好爺

着ぶくれて感覚鈍き五体かな

冬帽子無器用にしか生きられず

日向ぼこ旧知のごとく人の寄り

悔いの無き日日はあるのか日向ぼこ

ひつそりと吾が火宅にも菰囲

人を恋ふ思ひ直線寒昴

冬三日月女人の眉の極みなり

あれこれと余計なことも年用意

粧はず家事のあれこれ年の暮

木守柿画龍点睛さだめをり

寒夕焼父百歳の天眼鏡

連連と稜線燃やす冬茜

寒夕焼過去は真赤に染められて

雪催大和まほろば薄墨に
凍つる夜や羽織の紐のいと固し

凍空や人情話なつかしむ

雪霏霏と都会の貌を変へて行き

幸福行きの切符古びし雪だより
山に雪むかしむかしと妣のこゑ

雪霏霏と終はりなき旅ありさうな
水割りの酒ゆらしをり雪女

泣きたしと頼れど拒む氷柱かな

やせ氷柱決めねばならぬ今日のこと

凍蝶や返す言葉のとだえたり

扱ひに気遣ふ皿や寒牡丹

冬薔薇ひと寄せぬまま散りゆけり

冬薔薇あえかに揺れて訃の知らせ

意志強し水仙の葉の向けるまま

悼・小泉淳作画伯

水仙の香りに埋みデスマスク

室咲きのすこし眩しき独居かな

をちこちの土鈴ころがす春隣

縮緬の肩になじみぬ春隣

あとがき

句集『凪の譜』は、私の第一句集となります。平成十二年から令和元年までの俳誌「ra羅」へ投句したものを精選収録したものです。

句集刊行に当たりましては、「ra羅」代表の飯島ユキ先生には懇切なるご序文とご選句を賜りました。飯島ユキ代表は、お若いころより成城に住まわれ、私どもの経営する「成城凪月堂」に足繁く通って来られました。それがご縁となって私の「ra羅」への投句が始まったのです。

この度の上梓に際しましては、飯島ユキ代表をはじめ、栞文を寄せて下さいました太田治子様、並びに俳句を英訳して下さいました石塚秀雄様に心より御礼を申し上げます。

また、私を今日まで支えてくれた家族たちひとりひとりに感謝を伝えたいと思います。そして、誰よりもこの句集の出来上がりを楽しみにしてくれていた夫・貢は、この句集を手にすることもなく、一昨年五月に逝去致しました。この句集を夫の霊前に感謝をこめて捧げたいと思います。

令和五年五月一日

堀　かをる

著者略歴

堀　かをる（ほり・かおる）　本名・薫

1937年　東京生まれ
2000年　俳誌「羅《ra》」創刊に加わり入会
　　　　現在に至る

現住所　〒157-0066
　　　　東京都世田谷区成城6-10-8

句集　風の譜　かぜのふ

二〇二三年六月一四日　初版発行

著　者――堀　かをる
発行人――山岡喜美子
発行所――ふらんす堂
〒182-0002 東京都調布市仙川町一―一五―三八―二F
電　話――〇三（三三二六）九〇六一　FAX〇三（三三二六）六九一九
ホームページ　http://furansudo.com/　E-mail　info@furansudo.com
振　替――〇〇一七〇―一―一八四一七三
装　画――小泉淳作（風月堂包装用紙の原画として提供したものを使用）
装　丁――君嶋真理子
印刷所――日本ハイコム㈱
製本所――㈱松　岳　社
定　価――本体二八〇〇円＋税

ISBN978-4-7814-1555-0　C0092　¥2800E